Maldito

ISBN: 978-607-7481-21-8
1ª edición: abril de 2018

© 2018 *by* Héctor Del Valle
© 2018 de las ilustraciones *by* Anabel López
© 2018 *by* Ediciones Urano, S. A. U.
Aribau, 142 pral. 08036 Barcelona.

Ediciones Urano México, S. A. de C. V.
Av. Insurgentes Sur 1722, piso 3, Col. Florida,
Ciudad de México, C.P. 01030, México.
www.uranitolibros.com
uranitomexico@edicionesurano.com

Edición: Valeria Le Duc
Diseño Gráfico: Joel Dehesa Guraieb
Ilustración de portada: © Anabel López

Impreso en Editorial Impresora Apolo, S.A. de C.V.
Centeno 150-6, Col. Granjas Esmeralda, CDMX 09810.
www.grupoespinosa.com
Impreso en México – *Printed in Mexico*

MALDITO

Héctor Del Valle

Ilustraciones de
Anabel López

Uranito

URANITO EDITORES
ARGENTINA - CHILE - COLOMBIA - ESPAÑA
ESTADOS UNIDOS - MÉXICO - PERÚ - URUGUAY - VENEZUELA

A Clo y Nat, mis dos grandes amores.

Agradezco al equipo de Uranito,
en especial a Valeria, por haber creído en esta historia.

Advertencia

Seguir con la lectura
de este libro puede ser
peligroso.

Los hechos narrados se
vuelven reales en tu vida.

Ya te hemos prevenido.

Tú decides.

Advertencia

Seguir con la lectura
de este libro puede ser
peligroso.

Los hechos narrados se
vuelven reales en tu vida.

Ya te hemos prevenido.

Tú decides.

¡Wow!

—dijo Tomás después de ver la primera página de un viejo libro que encontró en el desván de su casa— esta historia va a estar *cool*.

Tomás vivía en una casa de estilo americano de dos plantas, en una colonia de clase media. Su vida tuvo un giro la semana pasada, ya que su abuela materna murió repentinamente, y para que su abuelo no se quedara solo, sus padres decidieron traerlo a vivir a la casa.

—Niños —dijo su padre el día que habló con ellos, un día antes de que el abuelo llegara—. Como bien saben, ahora que su abuelita murió, su abuelito está muy triste y muy solo, y es por esto que mamá y yo decidimos que lo mejor sería que se viniera a vivir con nosotros...

—¡Yupiii! —gritaron al unísono los dos chicos, pues su abuelo siempre los consentía y era muy cariñoso con ellos.

—Me alegra que les dé gusto —continuó su padre—. Afortunadamente contamos con un cuarto de huéspedes, así ambos podrán conservar su habitación; además, el abuelo es una persona muy adaptable, por lo que no creo que vaya a haber mayor inconveniente. Lo único que les vamos a pedir es que sean considerados con él. No hagan mucho ruido cuando él ya se vaya a dormir, y por favor, no estén curioseando en sus cosas que guardaremos en el desván.

Durante toda la semana, Tomás pudo resistir la tentación de subir al desván, pero ese domingo que le dio flojera acompañar a sus padres al partido de futbol de su hermana Regina, y que su abuelo había ido a las criptas a visitar a la abuela, no pudo más y subió a hurgar entre las cosas del viejo. Miraba asombrado todas las cosas que tenía, sin embargo, una simple caja de cartón le llamó la atención. Era como si un poder misterioso le atrajera hacia ese lugar. Abrió la caja y estaba llena de libros. Había de todos tamaños y grosores; unos en español, otros en inglés y hasta en francés encontró alguno. En el fondo había un libro viejo, de tapa dura, que hace mucho tiempo debió de haber sido de un color rojo intenso, pero que con el paso de los años pasó a un rojo pálido, y cuyo título era *Cursed*.

El nombre le dio curiosidad y en la primera página se encontró la siguiente leyenda:

Advertencia

Seguir con la lectura de este libro puede ser peligroso.

Los hechos narrados se vuelven reales en tu vida.

Ya te hemos prevenido.

Tú decides.

De primer momento quedó impresionado y hasta sintió que un escalofrío le recorría la nuca pero, temerario como era decidió que el libro le gustaba. Pensó en dejarlo escondido en el desván, para subir a leerlo cuando quisiera. Luego recordó haber prometido no hurgar entre las cosas del abuelo y lo difícil que resultaría volver a estar a solas en su casa, por lo que determinó bajarlo a su cuarto; ya le buscaría un escondite para que su madre no lo cachara.

Bajó del desván a toda prisa y corrió a encerrarse en su cuarto. El corazón le latía rápidamente, mezcla de la carrera y la adrenalina que le producía que sus papás se fueran a enterar de que los había desobedecido. Aunque se moría de ganas de empezar con el libro, primero buscó un lugar seguro en donde esconderlo.

Debajo de la cama no, mamá lo puede encontrar cuando busque ropa sucia, se dijo, atrás de la tele, ¡no! es un lugar muy visible y no es lógico que haya un libro ahí. En mis cajones tampoco, cuando mamá los arregle, se toparía con él, ¿en dónde, en dónde? ¡Ya sé!, dijo triunfal con una gran sonrisa que le iluminaba el rostro, en el librero, hasta el fondo. Ahí nunca arreglan, y si lo escondo detrás del marco apenas se ve.

Se retiró unos pasos y vio que, efectivamente, apenas algo se llegaba a asomar, pero nada como para llamar la atención. Muy satisfecho se disponía a sacarlo para empezar a leer cuando oyó que su abuelo llegaba a la casa.

—¡Fiu! justo a tiempo —se dijo aliviado antes de salir a recibir a su abuelo.

—Hola, mijo, qué bueno que estás aquí —dijo el hombre cuando vio a Tomás—, ¿no te da miedo estar solito en tu casa?

—No, abuelo —rió el muchacho ya estoy grande, ya tengo diez años.

—¡Ah, qué caray! —comentó sonriendo el abuelo— seguro ya tienes novia.

—¡No! —respondió Tomás sonrojándose.

—Pero bueno, déjame decirte que no sólo los niños chiquitos tienen miedo de quedarse solos. Yo, por ejemplo, que ya no soy ningún muchacho, me da pavor quedarme solo en cualquier casa, lo mismo me pasaba en la mía.

—Pero, ¿por qué, abuelo? —preguntó asombrado el chico.

—Mmm, es una larga historia, que un día de estos les contaré a ti y a tu hermana.

—¿Y por qué no me la cuentas ahorita?

—Porque Regina no está en este momento, y no es justo que sólo tú la sepas.

—¿Será hoy en la noche? —insistió Tomás, aunque una parte de sí prefería que fuese otro día para poder empezar con el libro.

—No, hoy no. Quizás la próxima semana —respondió inquieto el abuelo.

El resto del día pasó sin mayores sobresaltos. Sus padres regresaron del partido, el cual había sido ganado por el equipo de Regina, gracias a dos goles que ella anotó. Comieron, vieron tele, y a las ocho en punto Tomás se fue a su cuarto, quería aprovechar la hora que le quedaba para comenzar ese misterioso libro. Al momento de sacarlo del librero sintió un extraño escalofrío, como si alguien hubiera soplado en su nuca.

—Es mi imaginación —se dijo, y tras meterse a la cama, empezó a leer.

El pequeño Thomas...

—¡Qué chistoso! el protagonista se llama como yo, sólo que en inglés —observó Tomás.

> **... vivía en una casa blanca junto con sus padres, su hermana y su abuelo...**

Tomás cerró el libro y lo miró receloso. Como que ya eran muchas coincidencias.

—¡Tonterías! —dijo riendo— sólo es casualidad. Me estoy sugestionando por la advertencia del principio.

Volvió a abrir el libro y continuó.

... Thomas era muy feliz, pero un buen día su mundo ideal empezó a colapsarse. Una tarde, en que volvía del parque, vio a su vecina, *miss* Clare, que lo saludaba efusivamente. Ella había sido su niñera siempre que sus padres salían en las noches. El chico se acercó para saludarla y ella bajó corriendo las escaleras, pero con tan mala suerte que su vestido se atoró en un clavo, lo que provocó que perdiera el equilibrio, y cuando la tela se desgarró al no soportar el peso de la mujer, ella rodó por las escaleras. Thomas, muy preocupado se acercó, para ver si estaba bien. Afortunadamente sólo se había roto una pierna, daño mínimo tomando en cuenta lo aparatoso y peligroso de la caída...

—Pobre *miss* Clare —dijo en voz alta Tomás—, no sé qué haría si yo viera caerse a la ¿señorita Clara?

Tomás tragó saliva, tenía miedo, pero eso no le impidió terminar de leer el primer capítulo. Al acabar apagó la luz y se durmió.

Al día siguiente fue a la escuela. Antes de salir volteó a ver la casa de la señorita Clara, pero no vio nada inusual. A esa hora seguiría dormida.

—Estoy leyendo un libro muy *cool* —dijo Tomás a su amigo José.

—¿Cómo va a ser *cool* leer? Tú siempre con tus ondas de nerd, Tomás —se rió José.

—No, éste es diferente —se defendió Tomás— parece que habla de mi vida.

—Mejor vamos a jugar futbol, eso sí que es *cool*.

Tomás se fue con José. Cuando acabara el libro se lo prestaría, seguro sería el primer libro que su amigo terminara. Además, ni era tan largo, sólo eran seis capítulos.

Al llegar a su casa miró nuevamente hacia el patio de la señorita Clara y se quedó estupefacto. Una ambulancia se encontraba en la puerta de su vecina. En cámara lenta vio cómo unos paramédicos la llevaban en una camilla.

—¡No puede ser! —exclamó angustiado Tomás y corrió hasta la ambulancia.

—Hola, mi pequeño, ¿cómo estás? —preguntó la mujer.

—Bien —respondió el chico cortantemente—, pero ¿qué le pasó?

—Cosas de la edad —le respondió ella—. Estaba bajando las escaleras con un pastel, que te había preparado para celebrar el triunfo de Regina y darle la bienvenida a tu abuelito, cuando mi vestido se atoró en un clavo, pero no pudo sostenerme y me caí rodando las escaleras. Afortunadamente sólo fueron unos golpes.

—Fiu —suspiró aliviado Tomás.

—Y bueno, me rompí una pierna.

—¡¡¡Queeé!!!

Tomás estaba aturdido. Por un lado, se sentía aliviado de que el accidente no hubiera pasado a mayores; por el otro, asustado, porque justo eso había pasado en el libro, con algunas diferencias; y también se sentía culpable. Si no hubiera desobedecido a sus papás y no hubiera leído el libro, seguramente estaría comiendo el delicioso pastel que la señorita Clara había preparado, pues ella no habría sufrido ningún accidente, y no se habría roto la pierna.

—Lo siento —dijo Tomás con sinceridad.

—Sí, mi vida, pero no te preocupes. Seguro mañana salgo del hospital y te preparo otro pastel.

El niño vio cómo los paramédicos subían a su niñera a la ambulancia y cómo se iba alejando por la calle. Caminó muy despacio hacia su casa, ensimismado en sus pensamientos.

—¡Mi niño, lo siento mucho! —dijo su mamá. Ella corrió a abrazarlo y llenarlo de besos en cuanto el chico cruzó la puerta. En otras ocasiones, Tomás procuraba zafarse de ella, después de todo ya no era un chiquillo, pero esta vez se quedó entre los brazos de su madre. Ahí se sentía protegido, como si nada pudiera pasarle, y aunque se avergonzaba un poco, por un momento volvió a ser el niñito que corría hacia ella cada vez que le sucedía algo malo. Las lágrimas brotaron de sus ojos.

—Todo va a estar bien, aquí está mamá que te cuida.

Cinco minutos después se zafó de sus abrazos. Volvía a ser Tomás, el niño grande.

—Sí, no sé que me pasó. Es que ver a la señorita Clara ahí, tan frágil, no sé me quebré —comentó el chico con una sonrisa, intentando hacerse el fuerte.

—¿Seguro que todo está bien, Tomás? —preguntó el abuelo mirándolo fijamente.

—Sí, abuelo —contestó muy seguro, aunque por dentro estaba muy nervioso, ya que presentía que su abuelo sabía algo más.

Después de cenar se fue a su cuarto. Estaba indeciso entre leer o no el libro. Su cerebro le alertaba sobre la posibilidad de que en verdad ese libro estuviera maldito, pero su curiosidad por saber qué podría pasar, y la esperanza de que el accidente de la señorita Clara hubiera sido sólo una fatal coincidencia, lo animaron a seguir con la lectura.

—¡Tonterías! voy a seguir leyendo.

Pero los problemas del pequeño Thomas apenas comenzaban. Aún no se reponía del susto ocasionado por el accidente de miss Claire, cuando el destino le tenía preparada otra desagradable sorpresa. Al día siguiente, caminando por el campo en compañía de su amigo Mike...

—¿Mike, Miguel? no tengo ningún amigo Miguel a menos de que se trate... a menos de que se trate de Montes. —Pensó y en ese instante se le iluminó la cara.

Miguel Montes era el típico niño grande que, aprovechando su estatura y complexión, se dedicaba a molestar al resto de sus compañeros del salón.

—Bueno, sigamos leyendo, a ver qué le pasa al pobrecito de Miguel —dijo con burla, disfrutando lo que vendría.

Ambos chicos iban caminando, cuando de pronto, una gran piedra surgió de quién sabe dónde y golpeó a Mike, quien por el impacto salió volando un par de metros hasta estrellarse contra unos palos. Con el nuevo golpe, Mike perdió la conciencia y empezó a sangrar. Thomas, muy asustado salió corriendo en busca de ayuda. Sabía que la vida de su amigo corría grave peligro...

Tomás siguió leyendo quince minutos más, hasta terminar el capítulo. Su corazón latía rápidamente. Estaba asustado por lo que pudiera pasarle a Miguel, pero por otra parte le daba mucho gusto que "algo o alguien" le diera su merecido a ese bravucón.

—Además, ni va a pasar nada. Mañana vamos a estar en la escuela todo el día, así que es imposible que vayamos a salir al campo. De la que te salvaste, Miguelito —dijo Tomás riendo.

Al día siguiente, se levantó muy temprano para ir a la escuela. Estaba nervioso, pero él mismo se calmaba diciéndose que nada malo iba a pasar, y así podría comprobar que el libro, por más morboso y alucinante que fuera, era sólo ficción. En cuanto llegó al colegio se fue con su amigo José.

Ambos iban platicando muy entretenidos mientras atravesaban las canchas de futbol.

—¿Y qué tal tu libro? —preguntó José.

—Está muy *creepy*, pero divertido. En cuanto lo termine te lo presto —respondió Tomás.

—¡No, paso! Ya sabes que no me gusta leer.

—Son sólo seis capítulos. No tardas ni hora y media en leerlo.

—¡¡¡Cuidado!!! —se escuchó una voz.

Tomás no lo pensó dos veces, y sin saber a qué se refería el grito se tiró pecho tierra, sólo para ver pasar un balón de futbol.

—¡Son unos tarados! —gritó Tomás al grupito que había lanzado el balón, haciéndoles toda clase de señas obscenas que se sabía. Todos eran estudiantes de la prepa, mucho más grandes y fuertes que él, pero estaba enojado. En segundos se arrepintió de su acción, al verlos venir a todos corriendo hacia él. El susto pasó pronto cuando les vio la cara. No estaban enojados, estaban aterrados. De golpe, pero sintiendo que pasaba una eternidad, supuso que algo detrás de él no estaba bien. Volteó para ver a José y lo vio a unos cuantos metros, estrellado contra los palos de la portería. Estaba desmayado y le salía sangre de la nariz.

—¡Perdón, perdón! —decían los muchachos asustados.

—¡Qué alguien llame una ambulancia! —gritó un chico. En su voz se reflejaba la preocupación.

—¡No puede ser, está mal! —exclamó Tomás todo sacado de onda—, no estábamos en el campo... de futbol.

Tomás se llenó de rabia contra él mismo, contra el libro, contra lo que le había atraído hacia ese maldito libro. Se sentía engañado, traicionado.

—De cualquier forma, es un error, el nombre está mal, es José, no Miguel.

Sus compañeros lo veían como si estuviera loco, aunque nadie podía culparlos, pues Tomás estaba fuera de sí. Afortunadamente para él, todos lo comprendieron y nadie se burló, ni en ese momento ni después. La ambulancia no tardó en llegar. Los paramédicos estabilizaron a José y luego se lo llevaron. Tomás se quedó viendo cómo la ambulancia se alejaba.

—Tomás, ven —dijo una voz a sus espaldas. Era la directora de la escuela, quien tomándolo por los hombros se lo llevó a su oficina. Pasaron junto al prefecto, el cual estaba regañando a los alumnos que habían ocasionado el accidente.

—No fue su culpa, es mía —dijo Tomás con voz lastimera.

—No, hijo. Tú no tuviste nada que ver. Fueron estos grandulones que les encanta patear el balón con demasiada fuerza, sin importarles que estén alumnos más chicos y sin medir las consecuencias.

Tomás debería sentirse reconfortado por esas palabras, pero no fue así. Siguió caminando mientras escuchaba los regaños del prefecto y las lastimosas disculpas que ofrecían los inculpados. Al llegar a la dirección, lo pasaron a la sala donde recibían a los papás. Era una sala muy cómoda, con un refrigerador con toda clase de bebidas, no alcohólicas, por supuesto, y en la mesa de centro había un tazón rebosante de chocolates y dulces, que se les ofrecía a los padres de familia que tenían que ir a tratar algún asunto con la directora. Siempre había querido entrar ahí, pero esta vez no estaba tan emocionado por ello. Antes de que la directora cerrara la puerta, Rosy, la secretaria, se acercó a ella.

—Los padres de José Miguel Martínez ya fueron avisados del accidente y van camino al hospital —dijo Rosy, pero al ver a Tomás interrumpió su informe—. ¿Estás bien, Tomás?

La directora y Rosy corrieron hacia él. Tomás se sentía fatal desde antes de haber entrado a la dirección, pero escuchar que su amigo José también se llamaba Miguel fue demasiado. La sangre se le agolpó en la cabeza y sintió cómo la adrenalina del miedo le recorría todo el cuerpo una y otra vez. Se puso completamente pálido, la boca se le secó y las piernas le temblaron. Fue cuando escuchó que Rosy le preguntaba si se sentía bien, pero su voz sonaba lejana, como si le estuviera hablando a través de un embudo. Después, la cabeza le dio vueltas, se le nubló la vista y todo se oscureció.

Sintió que caía a través de un precipicio muy largo. Todo era muy oscuro y no podía distinguir si era una montaña o el mismo infierno, sólo podía percibir una pequeña luz hasta el final.

—La luz al final del túnel, creo que he muerto, pero, ¿cómo habrá sido? —se preguntó Tomás.

Conforme se acercaba a esa luz descubrió que no era brillante y cegadora, sino más bien como si fuera a caer en una fogata. Poco a poco pudo distinguir que, efectivamente, se trataba de una fogata que estaba calentando un caldero, como de bruja, pero lo más aterrador era que todo esto emanaba del libro maldito. Tomás cayó de lleno en el caldero y el líquido pronto lo cubrió. Se vio sumergido en una especie de guiso que lo rodeaba completamente. Apenas tenía aire en los pulmones, por lo que se esforzó para salir a la superficie lo más rápido que pudo, y justo cuando sentía que sus pulmones iban a estallar tomó una fuerte bocanada de aire y abrió los ojos. Su respiración era agitada, pero para su sorpresa, no se encontraba dentro de la olla, sino en la sala de espera de su escuela. La directora y Rosy lo miraban asustadas mientras le pasaban un algodón con alcohol por la nariz.

—¿Ya estás mejor, Tomás? —preguntó la directora.

—Sssí —respondió Tomás débilmente. El corazón le seguía latiendo a mil por hora y todo el cuerpo le temblaba. La directora lo recostó en el sofá.

—Descansa, ¿quieres una Coca para que te sientas mejor? —le preguntó Rosy.

Tomás asintió. Se sentía muy cansado, pero sobre todo aterrado. ¿Había sido un sueño o una advertencia? Además, se sentía culpable por lo sucedido a José. No podía quitarse de la cabeza la imagen de su amigo tirado en el suelo y sangrando. Sabía lo que estaba por venir, y si bien el segundo capítulo no especificaba qué pasaba con Mike, lo que había podido leer no era nada reconfortante.

—Y pensar que me alegré por lo que le pasaría al grandulón de Miguel Montes —se dijo.

Cuando el color regresó a sus mejillas, Rosy lo levantó y le dio su refresco.

—¿José está bien? —preguntó titubeante.

—Está muy delicado. De momento está en terapia intensiva, y es lo único que sabemos. Ya los doctores lo evaluarán, y esperemos que sus padres pronto nos den la buena noticia de que ya despertó —respondió compasivamente la directora.

—Pero, ¿no se va a morir, verdad?

Más que pregunta parecía súplica.

—¡Ni lo mande Dios, niño! —respondió Rosy muy asustada de sólo pensar en esa posibilidad.

—No creo que eso vaya a pasar —dijo la directora—. Ahora dime, ¿qué fue lo que sucedió?

—No sé, todo fue muy rápido estaba platicando con José mientras cruzábamos las canchas de fut, cuando oí un grito que decía "cuidado". Mi primera reacción fue tirarme al piso, y pude ver a los de prepa que miraban hacia donde nosotros estábamos. Me levanté furioso y empecé a insultarlos, después ellos fueron corriendo hacia mí. Pensé que en la que me había metido y que vendrían a golpearme, pero cuando vi sus caras de miedo comprendí todo, y fue cuando volteé y vi a José tirado en el pasto, sangrando.

—Pero, ¿por qué le dijiste al prefecto que era tu culpa? ¿Te habías puesto de acuerdo con ellos para que lastimaran a José? —inquirió la directora.

—¡No! —protestó Tomás—, ¿cómo se le ocurre que yo lastimaría a mi mejor amigo?

—Entonces... no entiendo.

Tomás no respondió, bajó la mirada y así se quedó un rato, hasta que la directora comprendió que nada más se podría aclarar.

—¿Puedo ir al hospital a visitar a José? —preguntó tímidamente Tomás.

—De momento, no creo que sea oportuno —respondió la directora—. Vamos a llamar a tus padres para que vengan por ti y entre ellos y los papás de José decidirán si es conveniente que vayas, ¿de acuerdo?

—Sí.

Media hora después, Tomás iba rumbo a su casa. La directora le había contado todo a su mamá, así que todo el trayecto lo hicieron en silencio. Tomás miraba por la ventana para no tener que ver a su madre, se sentía fatal. El recuerdo de José riendo y unos segundos después tirado en el pasto, se alternaban una y otra vez. En cuanto llegó a su casa, su abuelo se acercó a él, pero Tomás se escabulló escaleras arriba y se encerró en su cuarto. Con la última persona que quería hablar era con el viejo. Sentía enojo contra él por tener ese monstruoso libro, aunque comprendía, muy en el fondo de su cerebro, que el único culpable había sido él mismo por desobedecer y tomarlo. Además de que debió haber suspendido la lectura después del accidente de la señorita Clara. Lloró por un buen rato hasta que el cansancio lo venció y se quedó dormido toda la tarde.

Al día siguiente no fue a la escuela. Sus papás pensaron que sería demasiado doloroso para él ir al colegio con la ausencia de José, además, habían hablado con los papás de éste y acordaron que podría ir a verlo al hospital esa misma mañana. Así que se despertó más tarde, se bañó y luego su mamá lo llevó a visitar a su amigo. Todo el camino sintió mariposas que le revoloteaban por el estómago. Estaba muy nervioso, ¿cómo lo encontraría? ¿Qué le diría? Y lo más importante, ¿cómo podría ver a los ojos a sus papás?

En cuanto llegaron a la sala de espera de terapia intensiva, los papás de José se acercaron a abrazarlo.

Si supieran que yo soy el causante de que su hijo esté así de seguro me golpearían, pensó Tomás.

—¡Qué bueno que viniste! José se va a alegrar mucho —dijo la mamá de su amigo.

—¡¿Ya despertó?! —preguntó Tomás con los ojos iluminados de alegría.

—No, aún no —respondió tristemente ella—. Pero tengo fe en que con tu presencia pueda tener alguna mejoría.

—Sí, claro —pensó Tomás—. Seguramente su verdugo le traerá consuelo.

—¿Puedo pasar a verlo? —preguntó el chico.

—Sí, claro, justo ahora es tiempo de visita. Ya lo hablamos con los doctores, y aunque generalmente no se permite la entrada a menores de edad, contigo van a hacer una excepción.

En cuanto Tomás entró en el cubículo donde estaba José, las piernas le flaquearon. Parecía que las mariposas de su estómago ya no revoloteaban sino que estaban enfrascadas en una salvaje pelea, el corazón le latía rapidísimo y las manos le sudaban y temblaban. Pero lo peor era el remordimiento que sentía en su pecho.

—Hola —saludó Tomás, y esperó a que José le respondiera.

—¡Qué tonto soy! no me puedes contestar. Quiero... quiero que sepas... que lo siento mucho —empezó Tomás vacilante—. Pero también quiero que sepas que lo voy a arreglar, ¿sabes? Lo que te pasó no fue un simple accidente, venía escrito en el libro... sí, el libro que ya no te voy a prestar... está maldito.

Tomás esperó un momento para ver si había alguna reacción en su amigo, pero sólo el *bip* del monitor cardiaco rompía el silencio del cuarto. Ya no sentía el nudo en su estómago y las piernas y manos le habían dejado de temblar. Sólo las lágrimas que afloraban cual cascadas podían delatar el sufrimiento del chico. Tomó las manos de su amigo y continúo hablando.

—Voy a leerlo para ver cómo te saco de este problema —dijo con resolución—, y después habrá que quemarlo. Nadie más puede estar expuesto a sus poderes malignos. Lo siento si mi abuelo pagó mucho por él o qué, pero voy a destruirlo antes de que esa cosa acabe con todo a mi alrededor. Te lo prometo, ¡vas a estar bien!

Y en ese momento sintió un leve apretón. Volteó a ver a José pero éste seguía con los ojos cerrados. El monitor no había dado señal de cambio alguno, pero Tomás estaba seguro de lo que había pasado. Se sintió más fuerte de lo que nunca se había sentido. Estaba decidido, salvaría a su amigo.

Cuando salió del cuarto caminaba más erguido, con mayor seguridad y sus piernas le respondían totalmente.

—Te veo mucho mejor —comentó su madre.

—Sí, ma, estoy mucho mejor —respondió. Y dirigiéndose a los papás de José les dijo—: No estoy muy seguro, pero podría jurar que José me apretó la mano.

—¡Sí, lo sabía! —contestó eufórica la mamá de su amigo— Sabía que tú podrías traernos de vuelta a mi pequeño.

Tomás se sentía cohibido. De pronto cayó en la cuenta de la responsabilidad que se había echado encima.

—Bueno, es pronto para saber si fue una reacción o sólo un acto reflejo —intervino el doctor—. Pero no hay que perder las esperanzas.

En su vida Tomás se había sentido tan agradecido con alguien. Quizás sin querer, tal vez no, pero el doctor le había salvado al quitarle esa carga tan fuerte.

Al llegar la noche, y después de cenar, Tomás fue a su cuarto, quería empezar a leer para saber qué le esperaba a José. Pero en cuanto entró sintió un escalofrío. Volteó hacia el librero y respiró aliviado, el libro estaba ahí, sin embargo no se atrevía a acercarse. A pesar de su enorme deseo de poder encontrar alguna clave para ayudar a su amigo el miedo lo paralizaba. Tomó aire repetidas veces, pero cada vez que intentaba caminar para agarrar el libro sus piernas se negaban a moverse.

Ya no estoy chiquito, se dijo con firmeza, así que voy a tomar ese libro y comenzaré a leer.

Escucharse le provocó un repentino temblor por todo el cuerpo. Nuevamente, su corazón no dejaba de latir aceleradamente, y estaba seguro de que, de seguir así, se le pararía y moriría literalmente de miedo. Después de media hora de debatirse entre ir o no ir por el libro, Tomás decidió irse a dormir. Esto aligeró un poco su malestar, pero se sentía mal porque le estaba fallando a José. Además, aun persistía esa sensación de que no estaba solo en su cuarto. A cada rato volteaba hacia el librero para comprobar que el *Cursed* aun estuviera en su lugar. Recordó el sueño, o lo que fuera que hubiera sido lo que había tenido cuando se desmayó, y el miedo se apoderó de su cuerpo. Pensó en lo raro que había sido que no hubiera vuelto a soñar con eso, y si lo experimentado aquella vez había sido una advertencia. Le costó mucho trabajo conciliar el sueño, pero al fin se quedó dormido y no tuvo ninguna pesadilla que lo perturbara.

El día siguiente fue alucinante. Nada más puso un pie dentro de la escuela y se convirtió en el centro de atención. Todos sus compañeros querían saber cómo seguía José y cómo habían pasado las cosas. Los alumnos de prepa que habían pateado el balón se sentían avergonzados y querían congraciarse con Tomás, por lo que todo el día lo consintieron, incluso fueron a sacarlo de clases con el pretexto de que la directora lo llamaba, y se lo llevaron a desayunar.

Cuando la directora se los encontró en la cafetería sólo sonrió y meneó negativamente la cabeza. Decidió ignorar la falta, todos lo habían pasado muy mal esos días. Esa tarde, no hubo tarea para que Tomás no se estresara y pudiera ver cómo seguía José. En fin, que a pesar de que por momentos le molestaba ser el centro de atención, disfrutó ser "rey por un día". A la salida, todos sus compañeros le pidieron que les avisara si había alguna mejoría en José. Esto le ocasionó sentimientos de culpa, ya que por su miedo no había encontrado nada que ayudara a su amigo.

En la tarde, ya en su casa, se le ocurrió una grandiosa idea y decidió pedirle ayuda a su abuelo.

—Abuelito, ¿podrías acompañarme a la iglesia? —preguntó el chico.

—Sí, claro. Mientras tú haces lo que tengas que hacer, yo visito la cripta de tu abuela.

Ambos salieron platicando de cualquier bobería. Tomás no quería que le preguntara sobre el por qué de su actuar, ya que sentía que su abuelo sospechaba algo, y éste no se empeñaba en forzar a su nieto a hablar. Cuando llegaron a la iglesia se separaron.

Lo primero que hizo Tomás fue dirigirse a la pila de agua bendita para rellenar un frasco. Ya después, más tranquilo, se sentó en una banca a rezar.

—Señor, dame fuerza para poder revertir el daño que he hecho. Mándame una señal para que sepa qué hacer. Estoy confundido y tengo mucho miedo.

Estuvo como diez minutos hasta que vio a su abuelo del otro lado de la iglesia. Se levantó para ir junto a él, pero antes de hacerlo apareció un monje, que salió de quién sabe dónde, y le habló:

—Debes resistir a la tentación.

Y así como llegó, se fue, sin darle tiempo al chico de hacer siquiera una pregunta, y eso que tenía muchas. Su abuelo llegó a su lado y le puso una mano sobre su hombro, como si lo estuviera protegiendo.

—¿Viste a ese monje, abuelo? —preguntó Tomás, esperando la negativa de su abuelo, lo que le confirmaría que había sido su imaginación.

—Sí, lo vi —contestó lacónicamente el hombre. Quería decir algo, pero guardó silencio, cosa que Tomás agradeció. Todo el trayecto de regreso fue un pesado silencio. En la cabeza de los dos había mil preguntas que querían hacer y otras tantas explicaciones, pero ninguno de los dos creyó que fuera el momento adecuado para hablar.

Esa noche, Tomás agarró valor y sacó el libro. Antes de abrirlo lo roció con agua bendita. Esperaba que el libro se retorciera, que sacara llamas, que aullara o algo parecido, pero no, el libro ni se inmutó.

—O es mi imaginación y el libro de verdad no está maldito o ya no sé ni qué pensar, reflexionó el chico. Pero no, son demasiadas coincidencias para que sea casualidad. Quizá el agua bendita no le hace daño, quizá no haya una presencia sobrenatural dentro de él y sólo cobra vida con las palabras o quizá sí la hay y ya está libre...

Y solo de pensarlo se estremeció y volvió a sentir miedo, pero antes de acobardarse tomó el libro y empezó con la lectura.

Habían pasado tres días...

—¡No puede ser, ya vamos a empezar! —exclamó Tomás apenas se percató de que era el tiempo exacto que había dejado de leer. Se preguntó qué hubiera pasado si la noche anterior hubiera leído, ¿habría dicho dos días o tres? con lo cual, el libro se habría equivocado.

... y el pequeño Thomas aún no se recuperaba de la impresión causada por el accidente de Mike. Estaba preocupado pues su amigo no despertaba. Eso le provocó problemas de salud y que no pudiera ir a la escuela. Para el niño, eso hubiera sido el plan perfecto, un oasis entre tantas tribulaciones, de no ser porque su hermanita Regina iba a tener que ir sola a la escuela...

—¡No! le gritó Tomás al libro, ¡con Regina no te metas!

Angustiado, no sabía qué hacer. Qué pasaría si dejaba de leer, ¿se cumpliría de cualquier forma lo escrito o sólo se hacían realidad las cosas una vez leídas? No quiso arriesgarse y continuó leyendo.

... lo cual fue aprovechado por Rose...

—¿Rosa? ¡oh, no! —dijo lastimosamente Tomás.

Rosa era una chica un año mayor que Tomás y, simplificándolo, era la versión femenina de Miguel Montes. Se la pasaba molestando y golpeando a las demás niñas, especialmente a las más chiquitas. A Regina le tenía un odio muy especial por su destacado desempeño en el futbol, pero se contenía de hacerle algo porque le gustaba Tomás.

... Regina se acercaba a la entrada de la escuela, cuando sintió que alguien le jalaba el pelo.

—Ey, tú, mocosa, sal de mi camino —dijo una voz ronca detrás de ella.

—¿Qué te pasa? ¿Por qué me lastimas? —gritó Regina.

—Porque quiero y porque puedo, ¿algún problema con eso? —la retó Rose.

—Pues fíjate que no te tengo miedo, bravucona —la enfrentó Regina.

—Pues deberías tenerlo.

Y así, sin más aviso, le soltó un golpe en la cara que tumbó a la chiquita. Ésta se levantó, indignada y le lanzó una patada en la espinilla. Rose gritó de dolor, pero eso la enfureció más y se lanzó a dar golpes a diestra y siniestra. Regina atinaba a esquivar y detener algunos, pero la mayoría impactaban en su cara y en su cuerpo...

—No, no puedo seguir leyendo —dijo Tomás angustiado por saber lo que le pasaría a su pequeña hermana—, pero el temor de no saber en qué pararía todo esto lo motivó a seguir leyendo.

... Regina tenía un ojo completamente cerrado por los golpes, la nariz le sangraba y constantemente era derribada por su contrincante, pero a pesar de ello no se rendía. Seguía tirando golpes que apenas lograban herir a la grandulona.

—Ya me harté de ti —dijo Rose, a quien le sangraba el labio inferior y tomando vuelo propinó un gran golpe que lanzó por los aires a Regina. Ésta cayó con un golpe seco y no se movió...

—No, esto es demasiado —dijo Tomás con lágrimas en los ojos. La cabeza comenzaba a darle vueltas, se sentía asqueado, malhumorado, aterrado.

—Voy a leer sólo el último párrafo.

Se saltó unas cuantas hojas, y el último párrafo constaba de sólo un renglón.

... la niña estaba muerta.

Tomás sintió que la sangre se le subía a la cabeza, una fuerte taquicardia parecía indicarle que su corazón se quería salir de su pecho y la habitación giraba cada vez más y más de prisa.

—Debo advertirle a mi mamá —fue lo último que dijo Tomás antes de caer desmayado.

En sus sueños, Tomás volvió a caer en el precipicio, pero esta vez estaba mucho más oscuro, si es que era posible, además de que era bastante más largo. Su estómago se le subía y bajaba conforme caía y por la angustia de no saber qué pasaría al final, ¿podría salir del caldero o moriría ahogado? Después de todo, el libro decía que estaba muy mal de salud. Finalmente vislumbró la luz. Conforme se acercó pudo distinguir que la hoguera era más grande y el fuego más vivo. El líquido del caldero burbujeaba.

Seguro que si caigo en él herviré, pensó el chico.

También pudo distinguir que por el libro se paseaba una sombra amorfa. ¿Sería el guardián del libro? ¿El alma? (¿Un libro puede tener alma?) ¿O un demonio encerrado? Quizás el libro funcionaba como una cárcel, y el ser que estaba encerrado no podría salir en tanto que la persona que estuviera leyéndolo no lo terminara. Tomás ya se estaba preparando para el chapuzón cuando una mano lo jaló hacia una cueva y lo aventó al suelo. Cuando se puso de pie vio al monje de la iglesia.

—Debes resistir a la tentación —le dijo éste, y al igual que la vez anterior, desapareció sin dejar rastro de su paso.

—Debes resistir a la tentación —le dijo otro monje situado a sus espaldas. Cuando Tomás volteó ya había desaparecido y sólo pudo verle el hábito.

—Debes resistir a la tentación —oyó que le decían nuevamente. Esta vez, el chico fue más rápido y pudo ver que era el mismo monje pero más bajito.

—Debes resistir a la tentación, debes resistir a la tentación.

Una y otra vez esta frase se repetía en boca de monjes escurridizos, idénticos al primero pero con alguna diferencia en tamaño, complexión y hasta en la forma de la boca. No podía explicarlo, era el mismo pero a la vez no. Una luz cegadora lo bañó por completo.

—Debes resistir a la tentación —dijo Tomás abriendo los ojos. Estaba en su recámara. La luz entraba de lleno por su ventana.

—¡Regina! —gritó y miró el reloj. El miedo recorrió una vez más todo su cuerpo. ¡Mamá ya la llevó a la escuela!

Se vistió de prisa y salió corriendo hasta la puerta de su casa, por donde su mamá venía entrando. Ella estaba hablando por el celular y se veía alterada.

—¡Mamá, debemos ir a la escuela, Regina está en peligro!

—¿Cómo lo sabes, Tomás? —preguntó incrédula su madre.

—No preguntes, ¡vamos, rápido!

Su mamá tomó las llaves del coche y ambos se enfilaron hacia la escuela.

—Tomás, me asustas. Justo estaba hablando con la directora, y me estaba diciendo que a Regina la había atacado una compañera y... no sé..., todo es muy confuso.

—Lo soñé —mintió el chico—. Estaba dormido y presentí que a mi hermanita le pasaba algo pero, ¿está bien?

—No lo sé... la directora estaba muy perturbada... y después tus gritos... no sé... ¿cómo estará mi chiquita?

Al llegar al estacionamiento de la escuela había muchas patrullas y ambulancias. Un poco más retirado y custodiado por varios policías se encontraba un coche con manchas de sangre, y junto a él, un hombre, probablemente el dueño del auto, quien no dejaba de llorar y lamentarse.

—Salió de repente... no la vi —decía una y otra vez.

Frente al coche había una sábana, y debajo de ella se adivinaba un cuerpo. A Tomás se le heló la sangre. Se quedó petrificado unos momentos, hasta que reparó en que el cuerpo era demasiado grande para ser el de su hermana. Miró a su alrededor para ver si daba con ella, y efectivamente, un poco más a la derecha se encontraba Regina, custodiada también por algunos policías. Junto a ella se encontraba su amiga Martha que la abrazaba para consolarla. Unos paramédicos le estaban curando las heridas.

—Vamos, mamá. Allá está Regina.

En cuanto la vio, su madre soltó el llanto que tenía contenido. Era verdad que estaba muy golpeada, con el ojo morado e hinchado, pero estaba viva. Ambos corrieron para abrazarla.

—Lo siento señora, no puede pasar —dijo uno de los policías.

—¿Cómo de que no puedo pasar, si es mi hija? —le gritó al policía, quien volteó a ver a la directora; ésta asintió.

—Disculpe, no se enoje —dijo nervioso el policía—. Es que nuestro deber es proteger a la niña.

—¡Mi niña! ¿Cómo estás?

—Bien, mamá —respondió entre llantos Regina—. Bueno, no tanto... no fue mi intención.

—¿Qué fue lo que pasó? —preguntó Tomás aturdido.

—Estaba entrando... y de repente alguien me jaló el pelo... y yo me volteé y vi que era Rosa... y nos hicimos de palabras... y me pegó... y le pegué... y ella me volvió a pegar... y yo me defendía... hasta que de un golpe salí volando, me quería quedar quieta pero la rabia me lo impidió. ¡Debí haberme quedado tiradaaa... es mi culpa! —relató entre sollozos la niña.

—No, mi vida, no digas eso, ¿y después qué pasó? —la trató de calmar su madre.

—Pues... pues... que me paro. Rosa estaba de espaldas, burlándose de mi... y que tomo vuelo... y que la empujo, y la que salió volando fue ella... hasta la calle... donde iba pasando ese auto... y la atropelló... ¡y ahora Rosa está muerta por mi culpa!

Todos permanecieron en silencio. Nadie sabía qué decir.

—¿Qué va a pasar con mi hija? —preguntó angustiada la mamá de Tomás.

47

—Ahorita tenemos que terminar de curarla y evaluaremos si no tiene un daño que amerite ir al hospital —contestó un paramédico.

—Sí, pero, ¿y luego?

El paramédico volteó a ver al jefe de los policías, quien al sentirse aludido contestó con gran embarazo.

—Ejem... bueno, la niña...

—Regina —lo interrumpió la señora.

—Estooo... sí. Regina ya ha rendido su declaración... y pues... ha sido debidamente corroborada por sus compañeros aquí presentes.

—¿Y...?

—Y pues la niña... digo Regina... —corrigió el policía al ver la mirada de la señora— no está detenida, ¿verdad?... Pero tendrá que rendir su declaración ante el MP... claro que no ahorita, sino cuando ya se encuentre mejor.

—O sea que me la puedo llevar a mi casa.

—Sí señito... nomás deje que terminen su labor aquí mis compañeros de la ambulancia, y no hay problema en que la... ¡Regina! sea remitida a su hogar.

—Muchas gracias, oficial —contestó la mamá de Tomás con alivio.

—Estamos para servirle.

El policía se fue presuroso, impartiendo órdenes a su

personal, aliviado de poder estar lo más lejos posible de la señora. Cosa que fue aprovechada por la directora de la escuela.

—Disculpe, le presento a *miss* Ana. Ella es la psicóloga de la escuela.

—Mucho gusto.

—Creemos que sería conveniente que *miss* Ana hable con Regina sobre lo sucedido, claro que no en este momento, pero sí lo más pronto posible —dijo la directora.

—Sí, por supuesto. Lo que sea necesario para que mi pequeña salga de este trauma lo mejor librada.

—Me gustaría, si está usted de acuerdo, verla el domingo. Hoy por supuesto no, ya que va a necesitar todo el apoyo y cariño de su familia, y eso te incluye a ti, Tomás —dijo *miss* Ana, mirando tiernamente al niño.

—Sí —fue lo único que atinó a decir Tomás, quien tenía un nudo en el estómago.

—Y mañana sábado se me hace aún algo prematuro —continuó la psicóloga— pero no me gustaría esperar hasta el lunes.

—El domingo me parece perfecto.

—Y si quiere puede platicar con *miss* Ana, que esto que ha pasado no es nada fácil —intervino la directora.

—Esto que *hemos* pasado —contestó la mamá de Tomás—. Porque para usted tampoco ha sido nada fácil.

Ambas mujeres se abrazaron y soltaron el llanto. La tensión de la semana, los sustos y las angustias por fin se veían liberadas.

Tomás miraba nervioso alrededor. Estaba seguro de que, así como estaban él y su mamá, en algún otro punto del lugar se encontraría la mamá de Rosa, quien seguramente no la estaría pasando nada bien. De hecho, estaría peor que ellos, pues aunque lastimada, Regina estaba viva, sin contar con que todos culpaban a Rosa y consideraban a Regina como la víctima. Ello le traía un profundo malestar. Después de todo, él había ocasionado todo esto. ¿Qué habría pasado si nunca hubiera sacado ese libro? ¿Rosa nunca hubiera atacado a Regina, y por ende seguiría viva? La cabeza le daba mil vueltas, se sentía muy mal, pero en el fondo, quizás muy en el fondo, había una voz que le decía que él no era responsable.

—¿Nos vamos? —dijo su mamá, sacándolo de sus pensamientos.

—Sí —contestó él, aliviado de no tener que seguir en ese lugar. Un grito desgarrador le contrajo el estómago. Era la mamá de Rosa, que acababa de llegar. Los tres apresuraron el paso para huir del lugar. Ninguno quería enfrentarse a la pena y furia de la mamá de Rosa.

Cuando llegaron a su casa, su mamá y Regina fueron al cuarto de la pequeña. Él se fue al suyo. Tenía que averiguar

qué pasaba al final del libro. José aún no despertaba, Rosa estaba muerta y Regina muy lastimada. A pesar del miedo, tomó el libro e intentó leer.

El pequeño Thomas estaba desolado por la muerte de Rose, se sentía culpable, pero también estaba preocupado por su hermanita y su amigo Mike, así que se encerró en su cuarto...

—¡No, esto ya es suficiente! —dijo Tomás—. No voy a permitirte que te sigas burlando de mí.

Cerró el libro y estaba a punto de pararse para guardarlo cuando cambió de opinión. La curiosidad de saber en qué terminaría ese maldito libro y qué pasaría con sus seres queridos pudo más, de manera que volvió a abrirlo.

—Sólo leeré de quién tratan los tres capítulos restantes —se dijo, y empezó a leer entre líneas.

Cuando apareció la palabra *mamá*, soltó el libro.

—¡No, mamá no!

Se debatía entre leer o no leer. Quería saber qué le podría pasar a su madre, pero algo le decía que no lo hiciera. Por fin volvió a abrirlo, pero se saltó todo el cuarto capítulo y volvió a leer entre líneas, por lo que supo que el quinto estaba dedicado a su papá. El corazón le latía rápidamente, la respiración se le agitó y todo su cuerpo tembló. Con gran angustia saltó las hojas hasta llegar al sexto y último capítulo, leería sólo los últimos renglones para evitar que alguien de sus allegados sufriera algún extraño accidente. Estaba a punto de leer cuando una sombra llamó su atención.

—No, no puede ser, es mi imaginación.

Sin embargo, no estaba muy convencido. Esperó un momento para ver si la volvía a ver, pero nada sucedió. El instinto le decía que ya había tenido suficiente con ese libro, pero la curiosidad y la angustia le dictaban que siguiera. Era una pelea interna entre el sí y el no. Finalmente el sí venció, y volvió a abrir el libro en la última página. Y justo cuando iba a empezar a leer, nuevamente vio pasar a la sombra, pero esta vez escuchó, o al menos eso creyó, que le decían.

—Debes resistir a la tentación.

Tomás cerró el libro, y nuevamente buscó con la mirada por todo su cuarto. No era posible que el monje, o los monjes, según recordaba de su sueño, estuviesen en su

habitación, pero por más extraño que le pareciese, aparentemente estaban ahí.

—Debes resistir a la tentación.

Tomás podía jurar que escuchaba que le hablaban, pero también podía asegurar con la misma convicción que no había escuchado ningún ruido. Las voces venían del interior de su cabeza, como si los monjes hubieran decidido anidar dentro de su cerebro.

—Debes resistir a la tentación.

Esta vez, las voces eran más fuertes, al igual que su deseo de enterarse qué pasaría al final del libro. Quizás todo se arreglaba mágicamente y todos despertaban de un mal sueño, pero algo le decía que eso no era verdad. Al fin entendió que el libro lo estaba tentando a que siguiera leyendo y esa era la tentación de la que le advertían los monjes. Tomás se paró y fue directo al librero a guardar el libro. Mientras más se acercaba, sus pies dejaban de responderle, y cada paso era una lucha por avanzar. El libro se tornó endemoniadamente pesado y sentía que en cualquier momento se le caería de las manos. Ignoraba cómo, pero estaba seguro de que si se le soltaba, éste caería abierto en la última página y entonces leería el párrafo final. Hizo un esfuerzo sobrehumano, hasta que finalmente lo colocó en el lugar en el que había estado escondido los últimos días. Aún cuando ya no estaba en contacto con el libro seguía sintiendo una fuerte atracción y deseo de leerlo. Mejor decidió, prudente-mente, salir de su cuarto.

Al llegar a la sala, se encontró con sus papás y su abuelo. El chico se sentó en un sillón sin hablar ni mirar a nadie, sólo al piso. Los adultos lo miraban sintiéndose impotentes por no saber cómo ayudarlo, ya que desconocían lo que estaba pasando.

—¿Algo que nos quieras compartir, hijo? —habló el abuelo.

Tomás alzó la cabeza súbitamente. Miró primero a sus papás, que lo veían con ternura y angustia, y después a su abuelo, que parecía que lo animaba a hablar. Ese fue el detonante que había estado esperando toda la semana. La culpa, el miedo, el arrepentimiento, todo se conjugó en su estómago, pasó a su mente y se atascó en su garganta, lu-chando por salir. Sabía que una vez que empezara a hablar ya no podría parar, no habría marcha atrás, y no sabía cuáles serían las consecuencias. Sin embargo, ese miedo era mu-cho menor, incluso preferible, que el terror que le causaba el libro y sus malditas palabras.

—Sí —dijo, e hizo una pausa mientras miraba uno a uno a sus padres y a su abuelo—. Me siento fatal...

—Es comprensible —intervino su madre—. Has pasado por muchas cosas horribles esta semana.

—Sí... pero todo esto que ha pasado... esto que hemos vi-vido... ha sido culpa mía.

—¡Tomás, deja de culparte! Tú no... —dijo su padre, pero en seguida calló por insistencia del abuelo.

—Dime, hijo —intervino pausadamente el abuelo—. ¿Por qué crees que es tu culpa? ¿No podría ser mía?

Los papás de Tomás voltearon a verse incrédulos. Una cosa era que su hijo se sintiera culpable porque los accidentes le habían ocurrido a personas cercanas a él, incluso había estado al lado de José cuando éste recibió el golpe, pero ¿el abuelo?

—No abuelo —contestó Tomás sin mirarle—. Al menos no directamente.

—¿Podrías explicarte, Tomás? —intervino molesto su padre.

—Sí... es que yo... leí un libro que no debía...

El abuelo cerró los ojos ante la noticia, se confirmaban sus sospechas. El temor invadió su estómago. ¿Hasta dónde había llegado su nieto?

—No entiendo —dijo su mamá—, ¿un libro para adultos?

—No, no se trata de eso... ojalá que ese fuera el problema.

—¿Entonces?

—Incluso podría ser un libro infantil, pues narra las experiencias del pequeño Thomas...

—¡Thomas! —exclamó el abuelo sobresaltado.

—Sí, así se llama el protagonista.

—Papá, ¿qué está pasando? —preguntó la mujer al ver la cara de susto del anciano.

—¿Estás seguro de que el protagonista no era Pierre, y que empezaba siendo un adolescente y ya para el capítulo doce era un hombre mayor? —preguntó temeroso y lívido su abuelo.

—No, abuelo, se llama Thomas y es un niño de diez años. Además, sólo son seis capítulos, no doce.

Los papás de Tomás no hablaban, se limitaban a ver a ambos sin entender de qué demonios estaban hablando. Pero podían deducir, por el semblante del viejo y la seriedad del chico, que era algo importante y que tenía que ver con los sucesos de esa extraña y trágica semana.

—¿Estamos hablando del mismo Libro? —preguntó extrañado el abuelo— ¿Es el *Maudit*?

—No —respondió aliviado Tomás, e inmediatamente su abuelo también se relajó. Incluso una sonrisa se dibujó en su rostro—. Se llama *Cursed*.

La sonrisa del abuelo desapareció en un segundo y nuevamente el temor volvió a su rostro.

—*Maudit*, en francés, *Cursed* en inglés... *Maldito* si lo quieres en español. Es el mismo libro...

—¡Oh! —fue lo único que se le ocurrió decir al niño.

—La versión que yo leí trataba sobre la vida y desgracias del joven Pierre, o sea Pedro, en español, que es como suelen llamarme los que no me dicen "abuelo".

Todos rieron, agradeciendo que se pudiera romper, al menos por unos segundos, la tensión que invadía la habitación.

—Pero, papá, si ese libro te trajo desgracias, ¿por qué lo trajiste a casa? Y si era tuyo, ¿por qué lo tenía Tomas?... ¡Tomás! Hurgaste entre las cosas

—Tranquila —intervino su esposo—. Ya habrá tiempo para regaños. Ahorita lo importante es saber de qué se trata todo esto. Continúe, suegro.

—Pues bien, conforme fui leyendo el libro, lo que en él estaba escrito iba pasando en mi vida. Al principio, eran cosas agradables, pero poco a poco se fueron tornando más oscuras. Por mucho tiempo dejé de leerlo, pero cada vez que lo retomaba parecía que el libro adivinaba cuánto tiempo había pasado sin abrirlo

A Tomás se le iluminó la cara. No era que le alegrara que su abuelo hubiera vivido todo eso, sino que le permitía confirmar sus sospechas.

—Incluso, me llegué a saltar algún capítulo. Sin embargo, el libro volvió a insistir en que lo leyera. Fue cuando empecé a ver a unos monjes muy curiosos, porque aunque tenían algunas características diferentes, juraría que eran el mismo. Él, o ellos, me advirtieron que debía resistir a la tentación. En ese momento no supe de qué hablaban, sólo después de leer el capítulo 12, que hablaba sobre la muerte de Amélie,

o Amelia en español, sí, tu madre —dijo don Pedro al ver la cara de asombro de todos, pero especialmente la de su hija—, fue que entendí a qué se referían. Ellos me advertían del peligro de seguir leyendo, pero no supe qué querían decir hasta que...

Todos lo miraron sin decir palabra. El abuelo se secó una lágrima y los vio uno a uno.

—... hasta que fue demasiado tarde.

—Yo sólo leí los tres primeros capítulos, el cuarto y el quinto los leí entre renglones y descubrí que trataban de mamá y papá. ¿Acaso les va a pasar algo malo? —preguntó angustiado Tomás.

—No lo sé, espero que no. A tu madre nada le sucedió cuando yo me salté el capítulo que hablaba de ella, pero no estoy seguro. ¿Y el sexto?

—Ese no lo leí. Quería ver sólo el último párrafo, pero, no sé si me lo imaginé... los monjes me lo impidieron —contestó apesadumbrado Tomás.

—¿Ese día en la iglesia?

—No, hace rato, antes de venir a la sala.

La habitación permaneció en silencio. Nadie se atrevía siquiera a moverse.

—Sospecho y supongo —dijo el abuelo—, que ese último capítulo, igual que el capítulo 13 en mi versión del libro, hablaba de tu muerte, o en mi caso de la mía.

—Pero papá —dijo la mamá de Tomás—, ¿cómo llegó a tus manos ese horrible libro? A las de Tomás, ya sé cómo. —Y lo miró furibunda.

—De igual forma que a las de mi nieto, accidentalmente. Estaba entre las cosas de un viajero que se alojó en nuestra casa. No sabría decirte cómo lo consiguió él, porque no pude preguntarle. Una noche lo vi leyendo, lo que supongo ahora sería el último capítulo, y al día siguiente amaneció muerto. Mis padres esperaron un tiempo antes de vender sus cosas, pero yo rescaté el libro, cosa de la que ahora, y más en este momento, me arrepiento.

—¿Hubo algo —preguntó Tomás— que empezara en un capítulo y terminara en otro?

—Sí, algunas cosas. Otras quizás se resolvieron en los capítulos que no leí, pero no te lo puedo asegurar. Lo único que puedo decirte es que, aunque sientas o pienses que quizá sea lo mejor para componer el mal que se ha hecho, no debes seguir con la lectura. Es posible que se remedie un mal pero surgirá otro, te lo aseguro.

—Es que estoy preocupado por José... y ahora por Regina...

—Es natural, después de todo sientes que es tu culpa, pero entiende esto: *no lo es*. Sí, leíste un libro que narraba desgracias, pero por Dios, ¡qué libro que hayas leído provoca la situación leída! ¡Ninguno! ¿Cómo podías saber lo que pasaría?

—Bueno, había una *advertencia* —musitó el chico.

—Sí, por supuesto, y eso lo hacía más... ¿cómo dicen ahora?

—*Cool.*

—Más *cool.* Lo que está escrito en los libros, salvo que sean de alguna ciencia, son historias. Habrá algunas biográficas, pero tratan de lo que ya fue, no de lo que va a suceder. Incluso si tomáramos una novela de Julio Verne, en la que profetizaba el submarino o los viajes a la Luna mucho tiempo antes de que fueran posibles en la vida real, no significaba que por el simple hecho de leerlo se iba a convertir en realidad. ¿Te imaginas si todos los libros fueran como este? Ya habríamos sido atacados por ejércitos de vampiros, hombres lobo y zombies —explicó el abuelo.

—Bueno, sí, pero...

—Pero nada. Esa advertencia no podía prevenirte realmente. Y créeme, yo pasé por lo mismo, pero mucho más tiempo que tú. Al principio, como ya te dije, eran cosas buenas las que pasaban, así que lo veía como una especie de genio de los deseos. Pero poco a poco se fue transformando en algo más oscuro, y de primer momento estaba descontrolado, no sabía qué hacer, después me sentí culpable, y poco a poco el miedo se apoderó de mi. ¿Recuerdas que hace ocho días me preguntabas que por qué me daba miedo estar solo?

—Sí —asintió Tomás.

—Pues esta es la razón. Leí historias muy aterradoras, y siempre temo que alguno de los que sufrieron a causa del *Maudit* pudieran vengarse de mí. No sé si temo más a los que están vivos o a los que están muertos. Además, aún siento el llamado del libro, que me invita a que termine de leerlo No sé, creo que ese fue un error más de mi parte. Si te hubiera contado en ese momento mi miedo, seguramente tú habrías dejado de leerlo...

—Abuelo —dijo Tomás al ver la cara de dolor del viejo— tú tampoco eres culpable de nada.

—Papá, ¿y por qué no te deshiciste del libro, y ya?

—Hija, ¿tú podrías vivir con la conciencia tranquila sabiendo que abandonaste un libro maldito y que puede ser encontrado por cualquiera, y que a esa persona le va a causar mucho daño?

—No, pero...

—Yo tampoco. Desde que murió tu madre he intentado destruirlo. Lo quemé, lo deshojé, lo metí a la trituradora de papel, y nada. En cuanto terminaba, el libro se auto reparaba. Por eso pensé en traerlo conmigo y tenerlo en el ático, guardado hasta el fondo de una caja, y que estuviera rodeado de libros aburridos, así si algún curioso veía entre mis cosas, esa caja no le llamaría la atención pero me equivoqué.

—Perdón —susurró Tomás.

—Entonces —intervino el papá de Tomás— quizás lo mejor sería volver a guardar el libro en donde estaba mientras encontramos la forma de destruirlo.

—Quizá sí sea lo mejor, aunque no deja de encerrar sus peligros —contestó el abuelo.

—¿Cómo cuáles?

—En primer lugar, estamos Tomás y yo, y el libro nos tentará para que vayamos por él para terminar de leerlo. Después, están ustedes, que podrían ceder a la tentación de leerlo, para entenderlo o revertir las situaciones que provocó...

—Ni loca. Al menos por mí, no te apures —dijo la mamá de Tomás.

—Hija, no subestimes el poder del *Maudit*. Y está Regina. Ya fue tocada por la maldición del libro, así que quizás, no lo sé, podría ser susceptible a que la manipule. Por otro lado, si tomamos la precaución de que ninguno de nosotros se quede solo, podría sernos de mucha utilidad. Lo que sí es cierto, es que no es ninguna buena idea que ese libro siga en tu recámara, Tomás.

Todos estuvieron de acuerdo y acompañaron al niño a su recámara. En cuanto entraron, Tomás y su abuelo sintieron una fuerte atracción hacia el libro. Se miraron recelosos y se dirigieron hacia el librero. Tomás lo tomó y empezó a cargarlo. Estaba más pesado que hacía un rato. Su abuelo, al ver el esfuerzo tan grande que tenía que hacer el chico, se prestó a ayudarlo, pero ni entre los dos pudieron cargarlo. Por lo tanto, el papá de Tomás decidió ayudarlos y entre los tres pudieron cargarlo más fácilmente.

—¿De verdad no podían cargar este libro? —preguntó.

—No, papá, estaba muy pesado para nosotros.

—¿Y cómo lo pudiste bajar tú solo?

—Es que no pesaba cuando lo tomé. De hecho, empezó a pesar a partir de que decidí dejar de leerlo.

Los cuatro salieron de la habitación y se dirigieron al ático. Antes de entrar, el abuelo tomó de los hombros a Tomás y les dijo a su hija y a su yerno:

—Vayan ustedes dos. Así nosotros no sabremos dónde está, y será menor la tentación. —Ambos estuvieron de acuerdo—. Y por favor, no lo vayan a leer, cuídense uno al otro.

—No se apure, suegro, así lo haremos.

Luego miró el libro y se dirigió a Tomás.

—¿Seis capítulos? Como que están largos.

Tomás vio el libro y éste ya había cambiado, tanto en el color de la tapa como en el grosor. Miró el título, temeroso de que su abuelo lo hubiese cambiado, o quizás él, sin darse cuenta, pero seguía siendo *Cursed* con sus letras retorcidas.

—Ya guárdalo, papá —se limitó a decir Tomás.

Cinco minutos más tarde ya estaban de vuelta. Fueron los cinco minutos más largos de su vida, y eso que los

acontecimientos de esa semana le habían hecho apreciar el paso del tiempo de una manera distinta.

—Ya está —dijo la mamá.

—Eran seis capítulos, papá —dijo Tomás muy serio—. Pero el libro se adapta a tu historia. No te lo quise decir antes para que no sintieras curiosidad.

—Y ahora que lo saben —intervino el abuelo— es de suma importancia que ninguno de los dos se acerque a ese libro, como no sea para destruirlo... cuando encontremos la forma.

Si es que la encontramos, pensó Tomás, pero no quiso verse pesimista ni alarmar a sus padres.

Llegó el domingo, y con él, la visita de *miss* Ana a Regina. Todo el sábado los papás de Tomás habían estado dedicados al cuidado de la pequeña, mientras Tomás investigaba en internet sobre cómo acabar con el libro, y su abuelo lo hacía a la antigua, investigando en la biblioteca. Ninguno encontró nada. El *Cursed* o *Maudit* ni siquiera figuraba entre los llamados "libros malditos". En la noche del sábado estaban exhaustos y abatidos, mientras que Regina se hallaba al borde de la sobreprotección parental. Por ello, se sintió aliviada y encantada de que *miss* Ana llegara a platicar con ella, a solas.

—¿Encontraron cómo destruir el libro? —preguntó la mamá de Tomás en cuanto se reunió con el resto de la familia en la sala.

—Nada —respondieron al unísono abuelo y nieto.

—Voy a ir a la iglesia, a ver si el padre Ramón sabe qué hacer —dijo el abuelo. Y dirigiéndose al chico le preguntó—: ¿Vienes?

Tomás asintió. Lo sucedido le preocupaba mucho, y no quería perder el tiempo con *miss* Ana.

—Recuerden —dijo el abuelo—. No se queden solos, ni descuiden a Regina, el libro es muy poderoso.

El trayecto a la iglesia lo hicieron en silencio. Tomás repasaba mentalmente todo lo que había leído, pero le preocupaba lo que no había leído. ¿Cómo diablos iba a poder detener a ese libro, y lo que habitara en él, si no había nada de información? Por otro lado, los sentimientos de culpa por lo que estaban sufriendo José y Regina, no lo habían abandonado del todo.

Su abuelo también iba pensando en lo necio que había sido por no haber destruido el libro muchos años atrás. Se culpaba por todo lo que había sucedido a su alrededor.

¿Y si hubiera leído el libro hasta el final, se habrían acabado sus poderes?, pensó, y se respondió: no, el viajero murió, y el libro tomó la historia del siguiente baboso que lo tomó, o sea yo.

En cuanto llegaron a la iglesia pidieron, hablar con el padre Ramón al cual le explicaron lo mejor posible la situación.

—Así que un libro maldito que se llama *Maldito* o *Maudit* o *Cursed*, como prefieran, vaya ironía —dijo el padre Ramón.

—Hasta curioso podría parecer si no fuera por sus efectos —apuntó el abuelo.

—Miren, vengan con el libro después de la misa de seis. Voy a llamar a un amigo, el padre Benito, que sabe más de

estas cosas. Seguramente él encontrará la forma de acabar con este problema de una vez por todas.

—Aquí estaremos —se despidió el abuelo.

Ambos salieron cabizbajos de la iglesia. Faltaban unas seis horas más, y no les gustaba en lo absoluto la idea de pasar ese tiempo en compañía del libro. Más ahora que parecía que éste estaba consciente de sus intenciones.

—No nos desanimemos, abuelo. Total, ya no es mucho tiempo.

—Sí, hijo, aunque me siento intranquilo... no sé... esperaba que el padre Ramón supiera qué hacer.

—Sí, eso sí.

—Pero bueno —dijo el abuelo levantando la cabeza—, has vivido con ese libro por más de seis días, y yo por mucho más tiempo, ¿qué son seis horas más?

Antes de llegar a casa pasaron por un helado, para quitarse el mal sabor del momento.

—¿Cómo les fue? —preguntó la mamá de Tomás apenas cruzaron la puerta.

—Bien —respondió el abuelo—. Es cierto que esperábamos que el padre Ramón solucionara nuestro problema en el acto, pero nos dio esperanzas.

—¿Esperanzas? —preguntó alarmado el papá.

—Así es, sólo esperanzas. Lo vamos a ver, con todo y libro, después de misa de seis. Ahí va a estar el padre Benito, que es un amigo del padre Ramón, y que sabe más de estas cosas. Si tenemos suerte, que espero que la tengamos, hoy mismo debe quedar destruido el libro.

Las noticias no eran las más tranquilizadoras, pero al menos ofrecían una posible solución, así que los cuatro se relajaron y esperaron a que *miss* Ana terminara de hablar con Regina, lo cual no tardó mucho.

—Bueno —dijo *miss* Ana una vez que se pudo sentar en la sala ante el alud de preguntas de los padres de Regina—. Lo primero y más importante, es que Regina se encuentra estable, tanto física como emocionalmente. Sí tiene algunos miedos, algunos traumas y sentimientos de culpabilidad, que ya empezamos a trabajar desde ahorita. Va a necesitar ayuda terapéutica, pero siento que serán pocas sesiones. Su cariño y entrega han sido de muchísima ayuda.

Esas sí eran buenas noticias, o al menos más positivas. Los cuatro se fueron tranquilizando conforme *miss* Ana hablaba.

—De manera que, en resumen, este episodio pronto será cosa del pasado. El que me inquieta eres tú, Tomás.

El chico se sobresaltó al escuchar su nombre.

—¿Por... qué? —preguntó.

—Por esos sentimientos de culpa, por creer que tú eres el responsable de lo que ha pasado.

A Tomás le daban ganas de responderle que así era, pero prefirió callar y se limitó a ver a *miss* Ana.

—Quiero que me prometas y mírame a los ojos, Tomás —continuó *miss* Ana—. Prométeme que nunca más te vas a cargar responsabilidades que no te corresponden. Si necesitas hablar, puedes ir a mi oficina cada vez que lo necesites. Siempre serás bienvenido.

—Sí —se limitó a contestar el chico.

Miss Ana se fue y todos, incluida Regina, se sentaron a comer frente a la televisión, para ver una película. A las seis y media, Tomás, su abuelo y su padre se dirigieron a la iglesia con el libro bajo el brazo del papá. En cuanto entraron, el libro intentó zafarse, pero el hombre lo sujetó con fuerza.

—Parece que está intranquilo —dijo queriendo sonar relajado.

—Ajá —respondieron Tomás y su abuelo.

En otras circunstancias se hubieran reído, pero todo este asunto más bien les preocupaba.

—¡Ya están aquí, pasen a mi oficina!

Los recibió el Padre Ramón. Los tres lo siguieron a través de la iglesia hasta llegar a una bonita oficina llena de libros. Sentado en la sala se encontraba otro sacerdote, mismo que se levantó a recibir a los recién llegados.

—Él es el Padre Benito. Está muy interesado en el caso.

Después de los saludos de cortesía todos tomaron asiento en la sala.

—Así que este es el libro maldito —dijo el padre Benito, y extendiendo su mano hacia el papá de Tomás le preguntó—: ¿Me lo podría permitir?

El papá de Tomás le entregó el libro. El padre Benito lo miró una y otra vez. Lo cargaba, lo dejaba en la mesa, lo volvía a tomar, lo giraba, lo abrió y cerró como veinte veces en distintas páginas. Estaba fascinado.

—Muy interesante. La verdad nunca había oído hablar de un libro así. Los llamados libros malditos son, no sé cómo explicarlo sin que se ofenda —dijo el padre Benito señalando al libro—, son más enigmáticos, más profundos. Algunos de ellos han sido estudiados durante años para tratar de descifrarlos; otros, como el *Libro del Diablo*, encierran la leyenda que dice que fue escrito en una sola noche, y que el monje que lo hizo pidió ayuda del diablo, porque hubiera sido imposible para un ser humano crear ese libro en tan poco tiempo. Pero, por lo que me comenta el padre Ramón, este libro bien podría ser una novela, a no ser que en realidad suceden las cosas que ahí están escritas, ¿es correcto?

—Sí padre —contestó el abuelo—, y no sólo eso, las historias van cambiando conforme al lector.

—Extraordinario. Se podría decir que el libro está vivo.

—Ni que lo diga —contestó el papá de Tomás—. Apenas entramos en la iglesia y empezó a querer zafarse de mis manos.

El padre Benito asintió, y luego de pensar por unos segundos preguntó:

—¿Y han intentado destruirlo?

—Sí. Lo he quemado, arrancado sus hojas, incluso lo metí a la trituradora de papel y nada. Al instante se regenera.

—De acuerdo. Miren, esto es lo que haremos. Vamos a realizar un ritual de exorcismo muy poderoso, lo rociaremos con agua bendita y después lo quemaremos con fuego bendito. Estoy seguro que con eso bastará.

—¿Y si se vuelve a regenerar? —preguntó Tomás asustado.

—Lo ataré con cuerdas bañadas en agua bendita y me lo llevaré al Vaticano para seguir intentando descubrir una forma de destruirlo definitivamente... pero no creo que sea necesario. Estoy seguro que todo termina esta noche.

—¿Están listos? —preguntó el padre Ramón.

Los tres asintieron, pero no muy convencidos.

El padre Benito empezó a rociar con agua bendita el libro.

—¡Muéstrate! —gritó.

El libro se abrió en alguna de las páginas del final. Y aunque la tentación era muy grande, Tomás no hizo ni el menor intento de leer para averiguar qué pasaba.

El padre Benito siguió rociando el libro con agua bendita mientras gritaba palabras en latín, mismas que ni Tomás,

ni su padre, ni su abuelo pudieron entender, pero por la expresión del padre Benito, debían ser muy fuertes. En el momento en que el padre Benito tomó el libro de la mesa, éste se retorció entre sus manos y salió volando, con todo y padre, derrumbando el librero que estaba a sus espaldas. El libro pretendía esconderse, pero los ávidos ojos del sacerdote no lo perdieron de vista, y una vez que lo tuvo bien dominado, exclamó:

—¡*Vos tradentes*! ¡Estás apresado! ¡*You are arrested*! ¡*Tu est arrêté*!

Tomás sólo entendió las palabras en español e inglés, pero supuso que significaban lo mismo en latín y francés también. De inmediato el libro se calmó. El padre Benito lo tomó y lo metió al bote de metal que tenían preparado para quemar al libro. Le esparció sal de grano, gasolina "bendita" y echó un cerillo. Las llamas se elevaron, sobresaliendo por la parte superior del cubo de basura y el libro poco a poco se fue consumiendo. Todos miraban como hipnotizados cómo el libro ardía. Cuando la última llama se apagó, sólo quedaban cenizas.

—¿Es el fin? —preguntó Tomás aliviado.

—Esperemos un poco —contestó el padre Benito.

Quince minutos después, le preguntó al abuelo:

—¿Cuando usted lo quemó tardó un tiempo en regenerarse o lo hizo de inmediato?

—Fue cosa de un par de minutos, a lo mucho.

—Bueno, entonces creo que podemos decir que hemos tenido éxito.

La sonrisa se dibujó en los rostros de Tomás y sus familiares. El padre Ramón también se encontraba feliz.

—Es una lástima —dijo el padre Benito—. Era un ejemplar único, digno de estudio, pero era demasiado peligroso para continuar existiendo.

Todos asintieron en señal de aprobación. Al final, después de unos cuantos comentarios, todos se pusieron a recoger el desorden que el exterminio del libro había dejado. Acomodaron los muebles y guardaron los libros. Sólo las cenizas dentro del bote permanecieron igual. El padre Ramón, cada vez que pasaba junto al cesto, aprovechaba para rociarlo con agua bendita.

—Por si acaso, nunca está de más —comentaba alegremente cada vez que lo hacía.

El semblante de Tomás por fin se había relajado, después de tantos infortunios vividos en los días anteriores. Y aunque aún estaba preocupado por su amigo José, estaba seguro de que, con la destrucción del libro, pronto se recuperaría.

—Bueno, pues ya nos vamos —dijo el abuelo cuando terminaron de arreglar todo—. Muchas gracias, padre Ramón, sabía que sólo usted podría ayudarme.

—No tienes nada que agradecer, hijo mío, para eso estamos, para servir a nuestro prójimo.

—Y usted, padre Benito —continuó el abuelo—, es un santo.

—¡No, es un héroe! —interrumpió Tomás.

—No es para tanto —contestó el padre Benito— solamente hice lo que es mi deber, aplicando mis conocimientos y en bien de la Iglesia y la humanidad.

Los tres salieron de la iglesia y el camino a casa fue mucho más placentero y ligero que el de ida. Iban disfrutando de la noche, de las calles, de la luna. La preocupación había desaparecido y el peso de la culpa se había aligerado enormemente; tardaría algunos días en sanar, si no por completo, sí en una buena parte.

Cuando llegaron a la casa, la mamá de Tomás y Regina los recibieron con alegría. La niña se sentía un poco mejor. La paz retornaba a sus vidas.

Después de cenar, Tomás se fue a la cama.

—¿Puedo entrar? —preguntó su abuelo desde la puerta.

—Sí, abuelito, pasa.

El abuelo se acercó a la cama y se sentó en ella. Con la mano acariciaba la cabeza de su nieto.

—¿Qué aprendimos de todo esto? —preguntó el hombre.

—Que no hay que leer libros malditos —contestó Tomás con una sonrisa.

El abuelo también rió.

—Y que no debemos ocultar nuestros sentimientos y debemos decir siempre a nuestros familiares cuando algo malo nos está pasando, ¿no? —completó el abuelo.

—Sí, abuelito.

—Si tanto tú como yo hubiéramos hablado antes, muchas tragedias se hubieran evitado. Pero bueno, los errores nos sirven para aprender. Doy gracias que ese libro, *Maldito*, esté destruido para siempre y ya no pueda dañar a nadie más.

—Abuelo —preguntó Tomás muy serio—, ¿tú crees que José se recupere?

—Yo tengo fe de que así será. Quizás le tome algún tiempo, pero seguramente volverá a ser el mismo chamaco latoso.

—¡Abuelo!

Y ambos rieron.

El abuelo se levantó, le dio un beso y se salió de la habitación. Tomás se durmió con una sonrisa en los labios.

6

El padre Benito entró en la oficina del padre Ramón. Se acercó al bote de basura y vio que nada había cambiado. Las cenizas seguían intactas en el bote de basura. Se acercó al librero y tomó un libro para leer antes de acostarse. Una vez en su habitación, y luego de ponerse la piyama, tomó *el libro* y empezó a hojearlo.

—¿Es broma? Sólo tiene una página escrita.

De cualquier forma empezó a leerlo.

> **El padre Benedictus tomó el libro de la biblioteca de la oficina...**

—Vaya, parece que es cierto lo que contaban. Esto promete.

> **... en la soledad de su habitación, y desafiando todas las advertencias, se dedicó a leer esa solitaria página. Unas horas antes había**

intentado aniquilar al libro, pero su deseo de estudiarlo lo llevó a salvarlo del exterminio...

—Increíble, ¿qué más me vas a revelar?

... pero debió haber sido prudente, ya que estos serían los últimos renglones que leería. Al día siguiente lo encontrarían muerto, y el libro sería robado por alguien más, extendiendo así su maldición...

—¡No, no puede ser! —exclamó el padre Benito cerrando el libro— ¿Cómo sólo una página? ¿No tengo derecho a ser advertido?

El sacerdote empezó a sentir miedo. ¿El hecho de saber que moriría sería suficiente para que en realidad ocurriera o la maldición sólo se activaría si leía todo? De cualquier forma, le quedaban un par de renglones, unos cuantos segundos más de vida. El corazón le palpitaba a toda velocidad, y por primera vez supo lo que era sentir realmente miedo... ¿Cómo sucedería?... ¿Un ataque al corazón... una caída? ¿Qué sería? Necesitaba saberlo, pero a la vez no quería.

Y sí, había sido advertido, no por el famoso monje, pero sí por la experiencia del niño y su abuelo. ¿Qué estaba pensando cuando decidió robar el libro?

Sin aguantar más, abrió nuevamente el libro y siguió leyendo.

... temeroso escuchó un ruido...

La madera crujió, un vidrio más allá también. Cada sonido le ponía los pelos de punta.

... y de pronto, el viejo candelabro que estaba encima de su cama se vino abajo y lo aplastó, causándole una muerte casi inmediata.

El padre Benito soltó el libro y alzó los ojos, justo para ver venir al viejo candelabro.